KB264421

고마워,
사랑해

트로오돈은 얌체 같아요.
스티라코사우루스가 힘들게 딴
빨간 열매를 스리슬쩍
가져가고,

미야니시 타츠야 글·그림 | 송소영 옮김

달리

피곤해서 걷기 싫다며
지나가는 사이카니아의
등에 올라타요.

그러고는 이렇게 말해요.
"이 느림보야, 넌 빨리 달리는 연습을 해야 해.
자, 나를 태우고 숲까지 달려!"

이렇게 얌체같이 구니
누가 트로오돈을 좋아하겠어요?
트로오돈은 친구가 하나도 없어요.
누군가를 사랑한 적도,
누군가에게 사랑받은 적도 없지요.

그러던 어느 날이었어요.
트로오돈은 들판에서 커다란 알을 발견했어요.
"와! 큼직하니 맛있겠다!"
트로오돈은 입맛을 다셨어요.

덥석
트로오돈이 알을 꽉
깨물었지만,
알은 끄떡도 안 했어요.
"아이고, 내 이빨……."

긴 발톱으로 힘껏
긁었지만,
금도 가지
않았지요.
박
박
뻑
뻑…

"이런, 깨지지 않네.
어떡하지?"
바로 그때
좋은 생각이
떠올랐어요.

"그래, 새끼가 알을
깨고 나올 때
꿀꺽 먹어 버리면
되겠군!"

트로오돈은 우선 알을 숨겨 두기로 했어요.
"땅속에 묻으면 아무도 모르겠지?"
트로오돈은 열심히 땅을 파더니,

알을 땅속 깊숙이 묻어 버렸어요.
꽁꽁 감춰진 알을 보니 기분이 좋았지요.
하지만 문제가 있었어요.
"이런, 새끼가 알을 깨도 밖으로 나오지 못하겠구나."

트로오돈은 다시 흙을 파서 알을 꺼냈어요.
그러고는 어딘가를 향해 알을 굴리며 갔지요.
데굴 데굴 데굴….

트로오돈이 도착한 곳은 풀숲이었어요.
"여기라면 아무도 못 찾을 거야."
정말 커다란 알이 풀숲에 묻혀 보이지 않았어요.
하지만 또 문제가 있었지요.
"나도 숨긴 곳을 못 찾겠는걸."

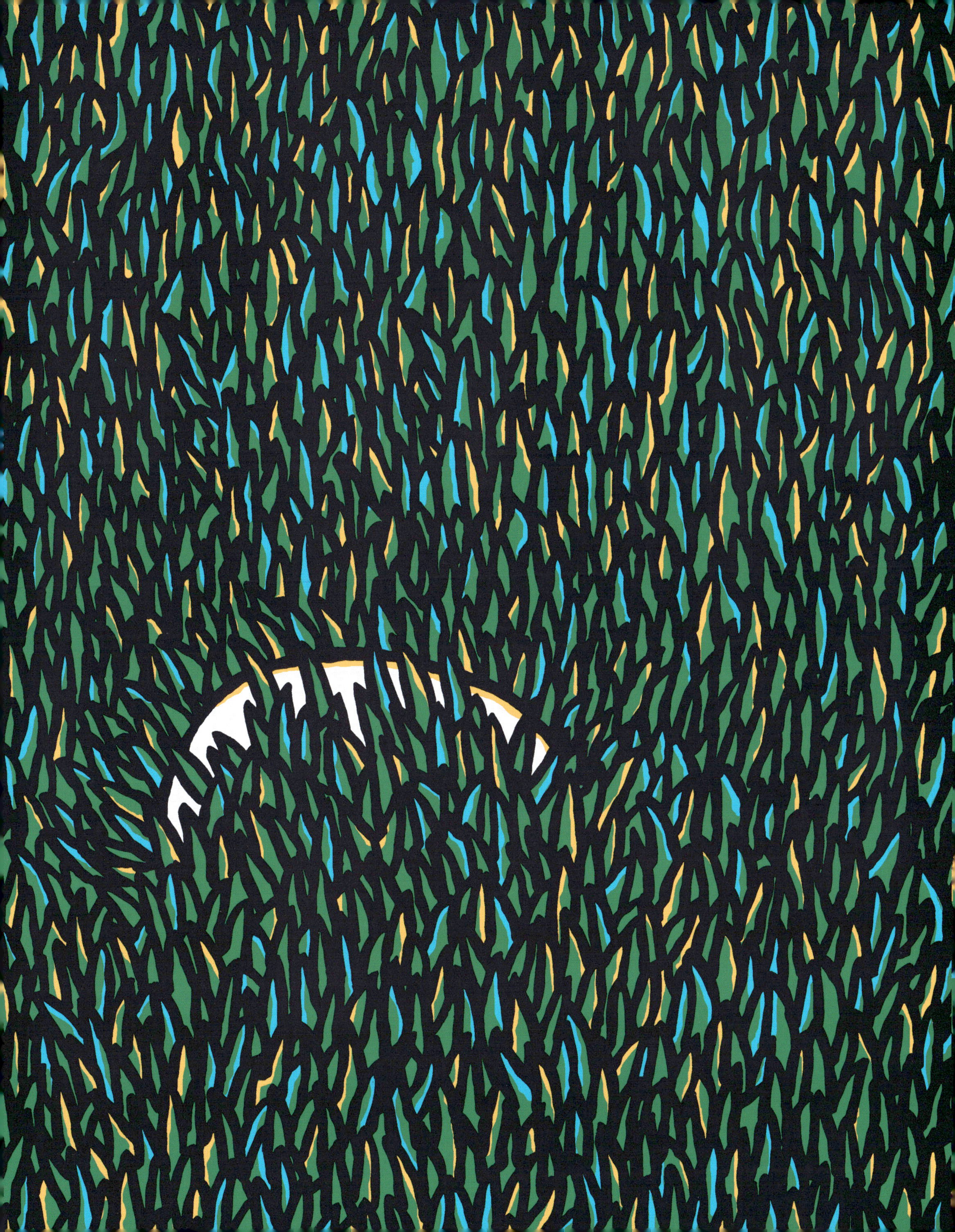

바로 그때
트로오돈의 눈에
나무 덩굴이
보였어요.

트로오돈은 기다란
나무 덩굴을 가져와서는

알을 등에 업고
칭칭 감아 꼭 묶었어요.

"이제 걱정 없어.
아무에게도 안 뺏길 테고,
계속 지켜볼 수도 있잖아.
자, 어서 알을 깨고 나오렴.
맛있게 먹어 주마. 히히히."

그날 밤 트로오돈은 알을 업은 채 잠자리에 들었어요.
커다란 알이 몸을 눌러 괴로웠지만,
맛있는 먹잇감을 생각하며 참았지요.
"알에서 나오기만 하면 냠냠 먹어 버릴 테다. 히히히."

다음 날 트로오돈은
물고기를 잡으러
강물에 들어갔어요.

하지만 알이 너무 무거워
몸을 가누기가 힘들었지요.

결국 트로오돈은
물속에 빠지고
말았어요.

뽀글뽀글 꼬르륵!
"살려 주세요……."

바로 그때였어요.
알이 스르륵 하고
뒤집어지는 게 아니겠어요.
덕분에 트로오돈은
목숨을 건질 수
있었어요.

알을 업고 다니니 위험한 일이 많았어요.
알리오라무스에게 잡아먹힐 뻔하기도 했어요.
그때도 트로오돈은 알을 등에 업은 채 데굴데굴
죽을힘을 다해 도망가야 했어요.

그러던 어느 날,
새끼 프테라노돈을 잡으려고
바위산을 오를 때였어요.
트로오돈은 무거운 알 때문에
그만 뒤로 자빠져
바위산 아래로 구르고 말았어요.
데굴데굴데굴―.

"안 되겠어. 너무 힘들어. 이까짓 알 안 먹어도 좋아."
트로오돈은 덩굴을 풀어 알을 내려놓았어요.
그런데 그때 커다란 바위 하나가
트로오돈의 머리를 향해 떨어졌어요.

피——융!
그 순간 갑자기 알이
튀어 올라 트로오돈을
밀어내는 게 아니겠어요.

"너, 나를 구해 준 거니?"
트로오돈이 깜짝 놀라 물었어요.
그러자 알이 흔들흔들 흔들렸어요.
마치 고개를 끄덕이며
대답하는 것 같았지요.

트로오돈은 다시 알을 업고 덩굴로 감아 맸어요.

그날 이후 트로오돈은 자주 알에게 말을 걸었어요.

누군가에게 이런저런 얘기를 늘어놓는 건 처음이었지요.

"음, 내 말에 네가 대답을 해 주면 좋을 텐데.

이렇게 배에 힘을 주고 소리를 내 볼래?"

그러자 알 속에서
작고 귀여운 대답이 들려왔어요.
"후옹, 후옹."

트로오돈은 열심히 빨간 열매를 따고는
이렇게 말했어요.
"알에서 나오면 그때 같이 이걸 먹자꾸나."
알은 기쁜 듯이 대답했지요.
"후오——옹."

별이 반짝반짝 빛나는
밤이었어요.
트로오돈은 처음으로
별똥별에게 소원을
빌었어요.

"이 아이가 건강하게
태어나게 해 주세요."
그러자 알이 더욱 큰
소리로 대답했어요.
"후옹, 후옹."

그리고 그날 밤,
알이 빠직 빠지직 하고 깨졌어요.

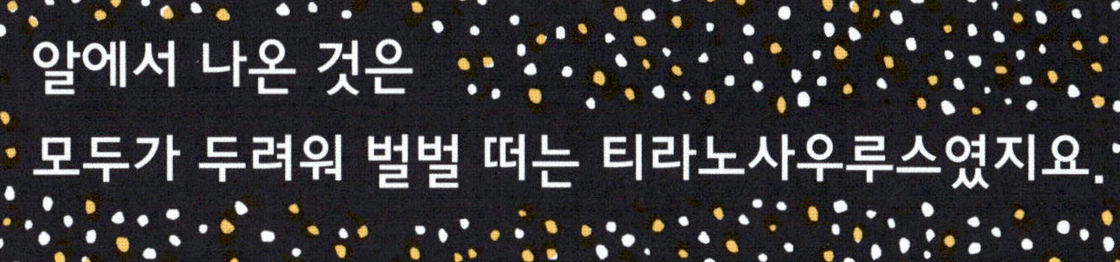

알에서 나온 것은
모두가 두려워 벌벌 떠는 티라노사우루스였지요.

알이 깨지는 소리에 트로오돈은 잠에서 깼어요.
트로오돈은 새끼 공룡을 꼭 끌어안고
눈물을 뚝뚝 흘리며 말했지요.
"태어나 줘서 고마워. 정말 고마워."

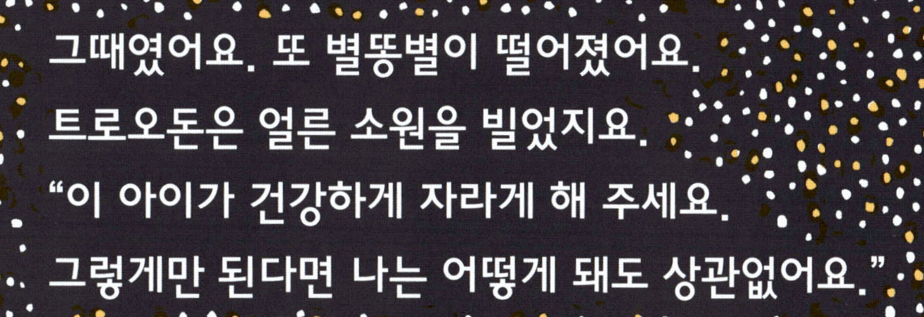

그때였어요. 또 별똥별이 떨어졌어요.
트로오돈은 얼른 소원을 빌었지요.
"이 아이가 건강하게 자라게 해 주세요.
그렇게만 된다면 나는 어떻게 돼도 상관없어요."

그 후로 몇 년이 흘렀어요.
새끼 공룡은 크고 멋진
티라노사우루스가 되었지요.

트로오돈은 어떻게
되었을까요?

건강하게 잘 지내요!
둘은 여전히 덩굴로 묶여
늘 함께 지내고 있지요.

우왕
으앙
앞으로도 그럴 거예요.
영원히!

미야니시 타츠야는 일본 시즈오카현에서 태어나 일본대학 예술학부 미술학과를 졸업했습니다. 인형미술가, 그래픽 디자이너를 거쳐 그림책 작가가 된 미야니시 타츠야는 개성 넘치는 그림과 가슴에 오래 남는 이야기로 전 세계 독자들에게 널리 사랑을 받고 있습니다. 〈고 녀석 맛있겠다〉 시리즈 외에도 《엄마가 정말 좋아요》, 《말하면 힘이 세지는 말》, 《신기한 씨앗 가게》, 《찬성!》, 《메리 크리스마스, 늑대 아저씨!》 등 많은 책이 우리나라에 소개되었고, 《고 녀석 맛있겠다》로 '겐부치 그림책 마을' 대상을, 《오늘은 정말 운이 좋은걸》, 《누구 젖?》으로 고단샤 출판문화상 그림책 상을 받았습니다.

송소영은 일본 레이타쿠 대학과 대학원에서 일본어를 공부했습니다. 저자의 마음까지 전하는 번역을 위해 노력하며 좋은 책을 소개하는 번역 기획도 하고 있습니다. 옮긴 책으로는 《모두 다 사랑해》, 《나는 당신을 믿어요》, 《고마워, 사랑해》, 《영원히 함께해요》, 《미니부케와 세 마녀》, 《누구나 할 수 있는 멋진 마법》, 《허브 정원의 피아노 레슨》 외 다수가 있습니다.

# 고마워, 사랑해

1판 1쇄 펴냄 2017년 5월 19일
1판 14쇄 펴냄 2024년 9월 26일

글·그림 미야니시 타츠야 | 옮긴이 송소영
편집 정재은 | 디자인 심흥섭
펴낸이 박소연 | 펴낸곳 (주)도서출판 달리
등록 2002.6.4 (제10-2398호)
주소 04008 서울특별시 마포구 희우정로16길 17-5
전화 02)333-3702 | 팩스 02)333-3703
ISBN 978-89-5998-313-1 74800
ISBN 978-89-90364-52-4 (세트)